사람들을
눈여겨보지
않는 사람들

사람들을
눈여겨보지
않는 사람들

김종희 시집

생각나눔

시인의 말

새벽 풍경도 참 고왔어라.

잘 가라, 나의 숱한 시간.

작은 기적이자 큰 확인이다.
다시 그것을 향해 가는
意志와 依支의 광음이다.

....

2024. 겨울. 김종희

차례

제1부

제2부

∙∙

제3부

제4부

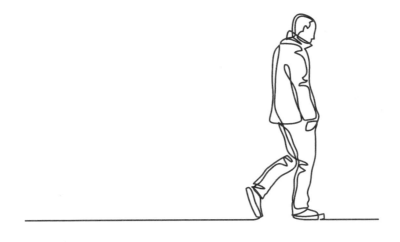

제1부

당신 생각만으로도

당신 생각만으로도
저녁 바람 차가운지 따스한지 알지 못합니다
당신 생각만으로도
지나가는 차 소리 들릴 듯 말 듯 합니다
생각만 할 수 있는 당신 있어
저 행복합니다
만날 수 없는 당신 있어
저 행복합니다
인연을 이어가지는 못했지만
그리워하고 싶을 때
맘껏 그리워할 수 있어
얼마나 엔간찮은 봄날 저녁입니까
당신 생각만으로도
길 건너 쉼터
빈 의자 하나 들어옵니다
당신 생각만으로도
생의 뒤안길
작은 가로등 하나 켜 놓습니다

완충 지대

사람이 살고
사람이 죽고
그 사이에 정녕
강물이 흐르고
풀과 나무
담소에 빠진 사람들
물 한 잔 얻어먹고
진중(珍重)한 박수례에
두세 곡조 뽑고
초연(超然)한 걸음새로
뒤도 돌아보며
갈 수 있다고
웃음엣소리는 못할지언정
어렵지만은 않게
갈 수 있다고
사람이 살고
사람이 죽고
그 사이에 차마

해어화

한평생 세 번 보았지
방황에 무젖은 시절
빗돌 앞에 두 손 모아 서 있었고
돌아가는 해 질 무렵
홀로 내려 주점으로 내려갔고
어수선한 새끼낮
아이들의 하차를 도왔어
같은 사람인 듯 다른 사람
은근히도 광채를 발하는
어느 우연한 날의 소쇄한 자극

모두 약간의 미소를 띠고 있었어
기품이 서린 차림새
사랑받고 있는 듯해 보였고
시선을 그대로 받아들이는 모습

오, 잊히지 않는 까닭은 무얼까

꿈과 현실, 갈마보고 싶어서인지

탁란한 세상 비껴가
푯대 하나 세우고 싶어서인지

칙칙한 한밤 저기 저 창
귀뚜리 소리 부딪는 것인가

소슬바람 비어 가는데

시절의 힘

본말에 기대어 싹을 틔우는 준말

서둘러 숲에 다다른 그는
낫자란 나비에 눈길을 박는다

그 시절 아슴푸레 떠오르는가
급기야 만월처럼 또렷해진다

아이의 삶은 수풀과 함께였다
햇발 열며 자주 갔던 숲정이

솎아 베어주며 경쟁원리가
꽃과 나비 보며 공존과 협력이
작은 가슴을 넉넉히 두드렸다

바람 불어 잎새 날리면
발씨 익은, 아이의 걸음도 날렸다

시간 따라 꽃잎 떨어지면
넌지시 아이의 명랑도 떨어졌다

무릇 쌓이고 쌓여 무르익은 정

견딜 수 없어 숲을 찾은 그는
시절의 힘에 탄복하는 것인가

발 씻는 아침

아침에 발을 잘 씻으면 좋은 것
발가락과 사이 문지르며
오늘 하루를 다짐하라는 것
발등과 발뒤꿈치, 발바닥까지
고루고루 문지르며
오늘 하루를 정녕코 다짐하라는 것
경솔한 언행을
경솔한 말과 행동을
조심성 없이 가벼운 말과 행동을
조용히 죽이라는 것
정성껏 비누질을 하고
꼼꼼히 헹구며
미리미리 죽이라는 것
오래 씻을수록
더 깨끗이 죽는 것
집중할수록
말끔히 죽는 것

오르락내리락

창가 작은 거미도

발을 씻었을 것

다짐도 했을 것

생의 방식

외부의 간섭에도
평정을 유지하며
산맥처럼

시절인연을 믿고
순리에 맡기며
강물처럼

오직 자유로운 마음으로
주어진 시간 안에 머물며
봄날의 공기처럼

겸손한 자세로
필요한 만큼의 힘만 쓰며
갓난아이처럼

끝자락 희미하게나마 보이면

담담히 내려놓으며
선각처럼

노인 학대 예방의 날

반쪽 날개에 수많은 나비들은
오늘도 날지 못하고 있다

꽃 찾아 활짝 펴 날던 시절
표연히 사라졌다

반쪽마저 거슬리는 걸까
바람의 각은 매섭다

잃어버린 반쪽 날개
이어줄 수가 없다

웅그리고 있는 곳
갈 수가 없다

은밀히, 은밀하게 검은 바람
지금도 날개는 부딪히고 있다

백 어택

시계 방향으로 돌았던 걸 기억한다 주변을 살피고 허리를 굽힌다
커다란 검은 눈동자는 반대편 목표물을 주시하고 있다 순간 곡두
가 나타난다 바다 지나 흐릿한 풀숲과 개울가 알 수도 있는 사람
들 목표물이 포물선을 그리며 경계 넘어온다 묵은 단계는 쉬이 틀
어 호박한 공중으로 향한다 동시에 바닥을 박차며 뛰어오른다 먹
이를 향해 몸을 던지는 야생의 포식자다 젖혀진 허리 되돌리며 사
선을 내리긋는다 곱다 언덕에 올라 새털구름을 보곤 했다 높다는
거에 대한 순진무구했던 생각들 삼색의 목표물은 잘 찾은 공간바
닥을 때리고 사라진다 위팔 분홍빛 나비 발그스름히 날개를 친다
이엄이엄 시계 방향으로 돈다

꽃무릇

행여나 들킬까 조심히 가 보았어라
서로 엉겨 요염한 자태로 가는데
누구에게 보이기 위함인가

감추지 못하고 드러난 욕정에
오호라, 이왕이면 떳떳하게
한가을의 신부(新婦)가 되고 싶은 것인가

어떤 시새움에 깊은 그리움을 낳았나
달포 내내 제 몸 붉게 태우건만
사방팔방 어디에도 기척 하나 없구나

저물고 도솔천에 여섯잎꽃 흩날린다
부는 바람 못 이겨 그대 멀리 가더라도
면사포 꿈까지 버리지는 말라

선운사 범종 소리 때마침 들려온다

잘 가시오 잘 가시오

다시 만날 가을날, 그날 그리는 소리

뒷모습

길을 걷다 우연히 한 여인의 뒷모습을 봤다
아닌가 싶다가 곧 바이없는 정에 감겼다
너무도 나릿나릿
한 발 한 발 옮기는 모습에
한소끔 어둠이 꾸우욱 스미었다
많은 차와 날랜 뭇사람 속
홀로 돌아가는 늦은 오후
나들이옷 차려입었지만
긴긴 나날 살바람에 시달린 동백꽃이
어찌 희기만 하겠냐만
그날 비로소 사위(四圍)에 눌린
각진 모습을 보았던 것이다

내 생의 어떤 다짐을
가슴속 고이 넣어드렸다

코드

쓰레기 떠다니는 강물이 꺼칫하다
철교 아래 앉아 소주잔을 비우자
반쯤 잠긴 장난감 기차, 기적 울리며 꿈틀댄다

야구공 안에 야구장이 있다
슬럼프에 빠진 거포가 번트를 댔다
한쪽 관중들, 타박상에 통증을 호소한다

끝엔 사람목, 다른 쪽 끝엔 개이
팽팽해지기 전에 곧잘 따라다닌다
동네에서 소문난 사나운 인주(人主)다

막 따 온 오렌지 수천 개
두둥실 멀리멀리 흩어진다

하루살이

애벌레로 오래 지내는 건
어른벌레로 사는 게 두려워서인지도 몰라

가을처럼 멀리 못 가고 되돌아온 자리

관공서 너머 붉은 노을
먼저 간 얼굴 한공중에 피어오른다

마음 깊숙이 덩저리가 사뭇 커

폐업신고서를 지나 비계마저 내켜놓았다
허리의 복층이 사라질 무렵
모진 세상에 다시 작은 닻을 올리는데

제곳 떠나 수십 년
기한 없는 둥우리 하나 치려 바둥거렸다

매매계약서가 임대차계약서로

그 헤식은 종이에

대바늘 같은 한숨이 내리꽂혔던 것

한껍에 시들마른 꼬마둥이들

미닫이 걸친 햇살, 싱싱하기도 하거늘

묵직한 경험 둘러메고 바람살을 안는다

그리운 모든 것들 펼치며 한갓진 출입구

이렁성저렁성 바라보누나

다닥다닥 들러붙는 하루살이 떼

소녀와 나팔꽃

저 나팔꽃에 무거운 눈길 던지는 것은
평균대 소녀 보았기 때문이어라

살아남으려 지지대 높이 올라야 하는 것은
깊게 울어야 하는 소녀의 모습

덩굴손 아닌 오롯이 덩굴이 되고자
수천 번 으깨어진 동그랗던 마음

세포는 태초의 균형을 쉽사리 기억한다

가야 할 길을 가지 않았다면
더 많이 가야 계속 울 수 있는 것

아래 견디지 못해 휘감고 휘감는 것은

공중제비의 반복만이 울음 매조지할

중력의 처방전이기 때문인가

저 나팔꽃에 서글픈 눈길 던지는 것은
평균대 소녀 보았기 때문이어라

아침 한창 피었다 이내 지는 것은

품었던 찬란한 꿈 멀리 보내고
돌앉아 다시 꿈꾸는 소녀의 모습

사투(死鬪)

아담한 집에서 홀로

언젠간 올 사람 기다리며

서투른 솜씨로

좋아하는 음식 낯잡아 준비하고

넘어서지 않는 양으로

세미클래식 올려놓고

가지런한 신 한번 손대보고

현관문 열어 초인종 소리 확인하고

마룻바닥 한구석 어슷하게 비치고

더넘바람 창틈으로 들어오고

아담한 집에서 홀로

언젠간 오지 않을 사람 기다리며

한 번이라도 더 거울을 보고

양치를 다시 하고

휴대전화에 시선 던지고

힐끗 벽시계 쳐다보고
마지막 한 가닥까지 가려나
서러이 달력 넘겨보고

이름 모를 새 한 마리
다용도실 돌아 날아가고

밧줄

고층건물이 들어설 때마다 그는 극지의 뿌리줄기를 생각한다 어제 처방받은 알약을 털어 넣으며 막 태어난 딸아이를 바라본다 늦장가를 간 그에게 아인 내려갈 수 없는 계단. 한때 가수를 꿈꿨던 그의 친구는 노래를 무척 좋아했다 호호막막한 눈벌판만이 펼쳐질 때 노래는 큰 위안이었으리라 마디가 터지는 순간 서로의 눈은 어디로 향했을까 칼과 수갑이 숨 속에 마주선다 그는 오늘도 마디, 마디에 떨리는 손발을 걸친다 흔들릴 때면 바람에 도색을 해 주곤 한다 단장된 바람은 눈벌판 쪽으로 바짝 엎드리지만 그때뿐 다시 커다란 날개를 일으킨다 그는 자주 위를 올려다보는 버릇이 생겼다 파란 하늘만 확인 식은땀을 흘리며 옆쪽으로 시선을 틀면, 멀리 하얀 빵모자를 쓴 아이가 눈덩이처럼 밀려온다 힘껏 움켜쥔다

한등

손님도 드나들지 않는
저 아래
편의점 간판 불빛에 취하며

한허리가 꺾이고
다급해진 마음에
지난 이십 년을 떠올려 보는데

이십 년 전, 그 전!
청춘의 족적(足炙)으로 가득할 뿐

천연색 꿈 때문인가

첫사랑 못내 그리는
못난 쓸쓸함일지도

손님도 드나들지 않는
편의점 간판 저 불빛처럼

방음벽

새 몸을 받치는
누흔의 자갈들

2열 종대 바람

빗더선 햇귀

허어허허허야
허어허어허이

수평 10센티
수직 5센티

간격의 속도는
애벌, 그쯤

허어허허허야

허어허어허이

허어허허허야
허어허어허이

이른 아침 강가에서

강가에 앉아 있어야 할 삶의 시기가 있다

눈 감고 세상소리 누울 때까지

항아리처럼 비우고
산문처럼 열고

보게 되리라
떠내려가는 걸 보게 되리라

당신을 괴롭힌 권력의 난무, 돈의 황폐
그리고 예의의 결핍

일어나 서라

흘려보내고 새 강물을 맞이하라

저 눈부신 하얀 태양과 하늘의 교접
만물을 탄생시킨 신의 거리

벌판 너머 보이는 저 수려한 건축물
자연과 인간의 고귀한 협력

자, 다시 세상이다!

그대, 천둥 같은 웃음을

일껏 에워가며
풀꽃 같은 생기를

제2부

유월을 보라

붉은 접시꽃이 탐스럽지마는

유월을 무겁게 한번 보라

인간의 탐욕에 맞서 앵돌아진
자연의 굵은 옆모습을

유월을 무겁게 한번 보라
겹벽에 둘러싸여 은폐로 가는
백발의 허무와 탄식을

유월을 또 무겁게 한번 보라
돌계단 하야스름한 틈새
중독에 짐짐한 시작을

유월을 느리게 한번 보라
가속의 플러그를 뽑고

일어선 새 잎새로 푸른 들숨을

유월을 다시 무겁게 보라
여름이라 불리는 타래가 풀리면
우리 앞 겨우 세 올이니

붉은 접시꽃이 탐스럽지마는

빨강, 노랑 그리고 파랑

왜 그래야 하는지 생각하지 못했다 의무적 본문을 입고 부록을 쓴다 익숙한 길에 모르는 앞날을 남긴다 여물지 않은 권력을 통과해야 교문 안이다 누군가 장갑차를 감추었는데 아무도 찾을 수가 없었다 헬리콥터는 또 어디로 숨었을까 귀퉁이 찢긴 미성년자 관람 불가 포스터에 눈길 가득하다 시구와 함께 팡파르가 울려 퍼진다 동시에 붉은 소나기가 내렸지만 누구도 날씨에 대해 말하지 않았다 불완전 변태, 작은 평등엔 금이 갔다 계층이 다름을 깝대기로 깝작거리는 세력이 마크를 남발했다 알맹이를 놓치지 마라 담임은 통달한 듯 말했다 수첩을 두고 왔지만 공중전화 박스로 서슴없이 걸어간다 또 줄을 서야 한다 두 번째 도시락으로 뇌를 달래고 우린 달빛 아래 활량이 된다 맞힌 이와 빗난 이 모두 투명한 유리잔이다 새장에서 나온 새, 깃을 날릴 데는 너무도 많았다 새장의 기억을 깨부수기 위한 정교한 의식의 나날 손에 쥔 재화의 흐름에 벽을 쌓고 애써 보고 싶은 것만 보았던 청춘의 이기심이여 자유가 더 이상 자유가 아닐 무렵 돌멩이는 피 묻은 허공을 갈랐다 가냘픈 수정이도 돌을 던졌을 것이다 머리카락을 떨구고 기계 인간이 되었다 조교는 봉과 호루라기로 쉴 새 없이 태엽을 감는다

멋진 사나이를 부르며 좌측 깜박이를 켠다 식사 시간 1분 본능은
속도와 질량의 함수 관계를 생각한다 회전된 일직선 끝자락에 내
동댕이쳐진 작대기 하나 오, 멀리 오륜기 아래 뜨거운 함성 들려
온다 고향바람 그리운 색바람 가을밤

랠리

고무나무는 바다를 그리워했다

밀물과 썰물이

달빛을 놓고 다투자

고래가 뭍으로 올라왔다

옹골찬 지느러미로

고무나무를 자꾸자꾸 때린다

바다로 가고 싶었지만

바다 내음, 고래의 폭압에서나마

조그만큼 응어리를 푼다

지금 고래는 없다

죽은 지 오래다

윤정, 1999

벗어난 궤도를 진입하기는 무척이나 어려운 거야
우울했던 사람들은 더 우울할지도 모르지
지도를 보면 갈 데가 많아
등고선을 따라 눈길을 보냈지
윤정은 골짜기를 걸어 나와 빨간 발톱을 보여줬어
노스트라다무스는 우리들 아래로 사라지고
현실만이 긴 책상으로 옮겨왔지
검은 우산을 쓰고 지나갈 때
엘리베이터 문을 사이에 두고 마주 섰을 때
우린 골짜기의 크기와 모양, 그 수를 생각했어
사실 스물세 살 윤정에게
다섯 잔의 술은 너무 가벼웠던 거야
나이티처럼 사랑, 그 자체를 고대했지
보일 듯 말 듯 젖은 눈을 보여줬지만
뜬구름 잡기에 나는
산등성이를 탈 수밖에 없었던 거야
긴 책상을 덮은 등고선이

더 이상 같은 높이가 아닐 때 이울고 말았지
골짜기에 남은 현명한 윤정은
긴 머리칼 날리며 잰걸음하고
바람만바람만 따라가다
우두커니 서 있는 나

이팝나무와 전깃줄

긴, 허공의 찢어짐
아무도 나아갈 길을 말해 주지 않았다

제도의 푯말은
수려한 곳만 찾아다닐 뿐

눈을 다친 참새가
욕지거리를 하며 날아간다

다리 높게 들고 오줌 누는 저 개는
어떤 삶을 바라보는가

그나저나

난 누구죠?

몸살

몹시 아프다 한밤중인데
우리들은 죽음을 아는 체한다
맥동의 누계가 클수록 그렇다
상실의 세월탄력성은
자꾸만 증가하는데
무엇부터 매조져야 할까
결국은 이루지 못하고
떠나지도 못하는
가슴속 혈관 따라 수만 킬로미터
그 허연 곳에 자리하고 있는
사랑 한 자락

지금 눈앞 벗을 위해

무인점포 지나오며

사람과 사람의 숨
사람으로 사람의 길

비닐우산의 구획된 하늘
모르는 사람에 모르는 사람이

통일호 심야열차에 뒤서는 연인
수줍은 청춘이야말로 광요의 한가운데

공테이프에 담은 천년의 단청
한밤 늪 같은 시간

숨 막히는 주 구십팔 시간
숨 막히는 먼지 속 찌든 여공

출입문 기대어 오라이
동생들 학비에 휘달린 안내양

사창가 향한 호기심 어린 눈
성근 호각에 하느작하느작

한겨울 모퉁이 에부수수한 포장마차
파리했던 신사는 어디로

봄가을의 딴딴함
일련의 바둑판 사계

사람과 사람의 숨
사람으로 사람의 길

천평칭

저쪽에서 보는 이쪽은
바글바글,
아우성,
터널 속 불빛

뒤돌아 웃지 마라 웃지 마라

이쪽에서 보는 저쪽은
반지르르,
난물,
절벽의 시든 꽃

알아 표현하라 표현하라

손은 왜 계속 다가가기만 하는 걸까

세상은 오늘도
공평을 저버린다는 것

냉장고

해절한 공간 구석에 목제 문 부서지는 듯한 딱딱 소리를 내는 오래된 냉장고 하나 있다 잘도 살아가는 소리라고 하얀 면을 조금 가렸는데 때론 너무 커 놀래키고는 한다 시냇물 소리 공장 가동되는 듯한 소리도 난다 익숙해지자 거슬림은 사라지고 있는 듯 없는 듯했다 어느 날 전혀 소리가 나지 않는 사태에 바람꽃처럼 불안한 기운이 감돌았다 걷어매고 수리공을 불렀으나 오지는 않고 살짝 힌트 시간이 흐르면 어김없이 흰 꽃들이 핀다 수정(受精)을 통지하면 서서히 지곤 한다 냉장고 소리는 삶소리다 나는 냉장고를 위해 조용히 살아왔던가 신형(新型)이 아니기는 매한가지 아닌가

완행열차

취직시험에 스무 번쯤 떨어졌을 때
잊어야 하는 사람을 잊지 못할 때
쓰러진 어머니를 다시 세울 수 없을 때
정체에 금이 가고 있을 때
가장 가까운 역으로 가
정차역 없는 완행을 타면 좋다
커튼을 걷고 풍경을 보라
산자락 듬성듬성 집채 보이면
지혜의 말씀 들을 것
멀리 우뚝우뚝 산 보이면
이리저리 산길 한번 찾아볼 것
정갈한 논바닥 보이면
볍씨 한 줌 뿌려줄 것
다리 아래 냇물 보이면
천천히 손발 씻어줄 것
네가 내리는 곳이 정차역이다
네가 머무는 시간이 정차시간이다

네가 쓰라려

한 번 더 세우고 싶다면

다시 세우고 싶다면

정차역 없는 완행을 타면 좋다

헐떡이며

간신히 올라타면

더 좋다

파더 쫄리

다이아몬드가 보여 돌을 버렸다 한다
뜻을 품는다는 것은 무엇인가
내전, 이겨낼 수 없는 가난, 만연한 질병
들꽃으로 뿌리내린 그는 누구인가

많은 어린 눈망울 두고
어느 낯선 은하수에서
못다 한 노래 부르고 계실까

봄흙이 예뻐요
치료도 받고 싶어요
수학도 배우고 싶어요
연주도 하고 싶어요
집도 짓고 싶어요

가장 높이 걸려 있는 플래카드
한여름 가장 넓은 그늘막

길고 깨끗한 노란 버스

충격적 아름다움
파더 쫄리!

회상, 그 노래 들으며

1
사날없는 바위섬 어루만지듯
희디흰 피아노 소리 흐른다

가을 속에서 나온 한 남자는
단 하나의 빛깔인 것이다

병실 침변에 세워진 아이는
아빠의 눈 속을 보았을까

강산을 쓸어내리는 절창은
이 한밤 추억으로 밀뜨러지게 하는가

2
작은 장벽에도 괴로울 수밖에 없었던
누구나 청춘의 굴레

다짐이 일관성을 잃었을 때
발자국은 뚜렷하다

나무 같은 사랑을 원했지만
잎 같은 사랑을 했지

우리는 빈 화분 하나씩 안고
각자의 꿈으로 걸어갔던 거야

홈스트레치

홈스트레치 막 접어들었다
바닥을 찰 때마다 제 지점이다

엉덩이 세우고 숨을 멈추었을 때
방아쇠와 청신경은 최고의 자리에서 만났지

원심력과 구심력이 맞물리는 곳
몸이 흐르는 대로 그냥 몸을 믿었던 거야

스트레치에 들어서고 곧
제일 가는 스타의 단발은 자꾸만 멀어져갔어

다시 힘의 방향을 생각하는 곳
자존심을 인 다리에 악문 이를 보냈지

홈스트레치는 언제나 다시 꿈꾸게 만들어

바람칼처럼 결승점 지나

수고했다 말해 주면 되는 거야

피땀은 피땀답게 가고 있는 거니까

단 한 명의 관객

단 한 명의 관객 앞에서 날마다
아주 작은 공연을 한다

좋아할 만한 노래와 약간의 율동

같은 노래는 식상할까봐
가사를 바꾸거나 다른 노래를 찾는다

단 한 명의 관객 앞에서 공연하는 까닭은
가장 꾸밈없는 웃음을 받으려 함이다

어쩌다 한번 눈물도 주지만

웃음을 주고
고맙게 받는다

수천 관객이 동시에 내는 박수소리보다

더 크게 들리는 손놀림

단 한 명의 관객은 항상 누워서 들으신다

자식의 시집을 머리맡에 꼭 두시는

영원히 흐를
우리의 바다

애틋한 신청

여러 날 동안 이변을 지나
제법 추운 한겨울이다
감파란 이상(理想)과 함께
절실한 공간으로 간다
멀리 두루미 떼 흐르고
마침 불어온 강풍에 실려
사부자기 당도한다
저런, 이면을 또 놓쳤다는 것
이상과 현실(現實)은 다르다며
천장에 바닥에 엇뜬 눈
기본적 공간으로 되돌아가
한숨의 터널에 갇히고야 만다
이승과 저승, 감쳐문 입술
의지가지없는 어린 가장(家長)은
겨우 신청을 마무리 짓는다
가까이 매화꽃 봉싯봉싯
마침 불어온 세풍에 실려

익숙한 공간으로 떠난다
사각의 정갈한 불빛
괜찮아 보이는 사람들
이제 휘루는 끝났다
담담한 기다림만
온몸을 휘감을 뿐

돌아갈 준비

도시의 맘바다 높다 높은 게 참 많다 하늘은 보이지 않는다 푸욱
가라앉아 흙냄새를 돌모양을 때론 오물에 삭이며 문지른다 빗물
을 기다린다 거친 밑에 해지는 비늘 쓰리다 견뎌야 한다 밑을 누
비면 밑보다 더 낮은 밑 뻠들이로 들려온다

부드럽다 어느새 볕뉘처럼 부드럽다 몸뚱이를 뒤집자 아득한 하
늘 서서히 비늘 떨어진다 날려 흩어진다 마침내 알몸이다 엉금엉
금 기어가 척추를 세운다 더금더금 교목의 흔적처럼. 털버덕 걸터
앉는다 어언간 끝이 보여 준비가 필요한 것이다

비늘 조각들

베슥이 내려앉은

너무 늦은 완성

몽당연필 잡은 고사리손 꿈틀댄다
속삭임인가 간지러워 들렀던 조일약국

된비알 앞에 턱 서서 한숨짓기도
가을잎처럼 걸어온 가끔 긴 세월

두 귀를 맴도는 만물의 소리 있어
사뭇 질주하는 기다란 연필

오, 폐기물처럼 버려지는 시한부 글자여
짜임에 이끌려 닿은 하얀 새벽이여

기어이 눈앞에 펼쳐진
청각의 소실

조일약국을 나온 소년은
희미한 분련시 한 편을 복용하고 있었다

사랑아 사랑아

사랑아 사랑아
한 번만 더 오지 않으려무나

사랑아, 해뜩발긋 사랑아
한 번만 더 오지 않으렴

밀리고 실린 물결 잔잔해졌으매
다시 바람 불기 전에

사랑 오면, 마지막 사랑 오면은
어찌할 바를 모를 것 같지마는

사랑 오면, 회색 사랑 오면은
있는 듯 없고, 없는 듯 있겠지마는

아, 끝내 아니 오면 아니 오면은

준비나 잘 하련다

무릇 나를 닮은
저 베고니아와 함께

제3부

새벽달

돌올한 새벽달만큼이나
멀리 가지는 않았겠지요

한기(寒氣)에 거리는 스산하고
바람은 부루 흐를 때에

그날 안고 침묵으로 침묵으로
가고 있으리라는 것, 당신은 알고 있어요

새벽달이 뜰 때 오겠다는 언약(言約)
허투루 던진 거였는지요

밤새우고 동녘 하늘 매양 바라봅니다
달려왔으면, 당신

쪼끄만 보석 하나 걸어놓고
달려왔으면, 당신

몇 번의 낙담일까요

세어서 무엇합니까

비아(非我)

셀 수도 없는 비아가 널려 있다
나는 사람들의 세계요 자연이다
그들이 소유한 문명의 이기보다
내가 더 소중한 것인가
내가 소유한 그것보다
그들이 또한 더 소중한 것인가

태아에서 직립보행으로
터 다지기에서 고층빌딩으로
사람과 사물은 거대한 공간에서 버티고 있지
다만 우리의 오래된 의문은
모든 사람은 소중하다고 세뇌시키는
야지랑스러운 말씀이야

철저히도 비아를 무시한 사내가 있다
총구멍 여러 개 아이 몸마저
한낱 대상물에 불과했다

저 휑한 눈을 누가 감겨 줄 것인가

긴 옷의 사제여

앙연한 기도뿐

긴 옷의 의사여

침묵의 선고뿐

눈표범

다 자란 맹수는 주뼛거린다
결별에 선 어미도 굳는다

은하를 닮은 눈의 눈씨
하마하마 수축과 팽창을 치른다

허공에 꼬리 세워 바윗돌 차며
절벽을 내달리는 석양녘

모든 삶이 그렇듯
죽살이쳐도 꼭 얻고 가는 것은 아니다

종족 번식은 필생의 사명
산등성은 또 다른 산등성을 부른다

운명을 거스르는 동행도 잠시
혈육의 정마저 되돌아오는 산 곳곳에 묻었다

외로움이 커질수록 영역은 넓어진다
높이 오를수록 그리움은 커진다

눈발이 서고 풀들 가볍게 흔들린다
배곯아 빙빙 도는 수염수리

먹이를 물고 석양 하늘 아래 섰다
고독한 당신은 눈바람에 어디로 가는가

인생, 참 어렵구먼그래

인생, 참 어렵구먼그래

타자의 눈으로 나를 들여다볼 수 있으니
인생, 어렵구먼그래

지나간 날들 한번 되짚을라치면
파편만 몇 개 날리는구나
인생, 어렵구먼그래

나의 일만 잘 처리하면 되는 게 아니니
인생, 어렵구먼그래

갈수록 아는 게 많아지니
갈수록 모르는 게 많아지는구나
참 나 원 인생 어렵구먼그래

들여야 할 것과 내보내야 할 것

누군들 순조롭겠냐마는
거참 인생 어렵구먼그래

담장은 갈수록 높아지고
그 수는 갈수록 느는구나
인생, 어렵구먼그래

죽음의 때는
어젯밤 심었던 꽃씨 하나가
정할 거라고 하니
인생, 참 어렵구먼그래

편도(片道)

주렁주렁 매달린 수액을 보며 썬! 선인가? 그것을 빼쏜 항성 수
나로운 행성으로 떠날 준비를 한다 삽관의 연장은 바람의 모습이
바뀌는 대로 끝날 것이다 진정 눈으로 말하면 극단의 문제를 풀
수 있다는 철학가의 말 생사의 도리는 하룻낮에도 깨다듬을 수
있다는 종교가의 말 창가에 이는 바람결 지나 창밖 수나로운 행성
하나, 날새 어렵사리 찾은 거야 이제 기쁘게 그리면 되는 걸까 영
절스러운 착륙지 다시 맞을 바람의 새 모습과

신축년 맞이하며

네게로 왔어
천세의 탐욕이 세운 거대한 돌문을
수백 개나 여닫고

높은 날을 빨리 토해야 한다며
우듬지 아주 멀리 두견을 몰았고
화분도 들도 척박한 기쁨이라며
마리안느 꽃줄기 수줍게나 꺾어버렸지

자음과 모음, 서로 약속하자마자
혀의 안식년입니다 들릴 듯 말 듯 말했어

저 물결이 떠나는지 머무는지 알고 있어
헌신의 결과물은 사랑 고백보다 빠를 거야

흰 소처럼 묵묵히 걸으며
바람 소리 귀 기울일 수밖에

기타 치는 여인

넓은 한여름
느린 횡성
기타를 치며 '내 마음 당신 곁으로'

만 18세의 나
올되지는 못했지
겉멋에 취하고

애오라지 듣기만 한다
환호 속 박수를 치고 싶지만
숫기가 없었지

몽몽한 이등병 시절
꽃보라에 실어 엽서를 보냈다

날아온 답장에 거성처럼 환했지만
얼굴은 기억나지 않는다고

어느 해 생량머리에 들었다

그녀의 새 인생 소식

아프지도 그렇다고
희미하지도 않다

우산 위로 떨어지는 빗소리가
향긋한 음률로 흐를 뿐

잠시 하나, 추억
넓고 느릴 뿐

잠류(暫留)

황홀하다 이 한겨울 오후
밀려온 안개 천 자락 걷어 내고
자유로이 걷는다는 것은
얼마나 황홀한 일인가
유유히 걸을 수 있다는 것은
얼마나 눈부신 일인가
벌이는 봄날이 아니어도 좋다
소담한 가을날이 아니어도 좋다
방금 이 가슴을 뚫고 지나간
낮볕 하나면 족한 것이다
미워도 그립고
사랑해도 아쉽다
저기, 저기요
재잘대는 참새 두 마리여
돌층계를 밟고 내려오렴
시방도 가득 차
그대들과 나누리

잠시 머묾에 대해
모든 삶
잠시 머묾에 대해

사랑, 증명하다

제목도 없는 책을 건네며
떠나야 한다고 목차 없는 책처럼 말했다

범주 안에서 까닭을 묻자
다 찾았기 때문이라고 한다

다시 묻자, 다양한 모양의 시간들을

소마소마 낫지 않는 계절 밀려와
제목 없는 책을 펼쳐 본다

정녕 제겐 없습니다

다시 눈을 감고
이마에 손을 얹고
고개를 떨구어도

이 세상에 태어나
당신밖에는
당신 아니면

고개를 들며 흐르는
두 줄기 눈물은 증명합니다

마지막 페이지 해답란에서

당신도 우리처럼

우리가 알던 뜻이 가지런히 이따금 비스듬히 표출된 이후 7일째 계속이다 뉴스가 시작되자마자 어김없이 끄른다 어뜩 앙연한 표정 지으며. 배경음악 솟는다 콜타르처럼 검다 목소리는 음악에 녹아들고 있다 진중한 소리들로 꽉 찬 화면은 오선지를 잃고서야 끝이 난다 다시 당신에게로 꼿꼿이 다음 소식을 전하지 못하는 당신 처맛기슭 빗물처럼 하염없이 흘러내리는 것이다 아, 당신도 우리처럼 바람의 높이를 아는 사람

지금도 불빛 철로는 묵묵히 기다리고 있다

세월

노드리듯 날들이 떨어져 흘러가면
돌부리를 치워주고 언덕을 허물어줘라

떼까마귀가 전깃줄에 앉아 사위에 시위한다
지금은 한겨울 새때, 새들의 민주화

높은 데 암매 푸른 호흡
아이, 더워라 밉디밉다 하소연하면
반성이라는 것도 괜찮다

흩어진 비밀번호를 모은다
로그오프에 뜨게 가지 않는 까닭은
뜨내기 사랑이었기 때문

명왕성에 제대로 인사는 했나요
아직요, 궤도 유지에 바빠서요

맥문동처럼

흐르고 지고 만 그저 연자줏빛
열리운 검푸른 향기

비스듬히 구름바다
참흙의 질펀함
여전사의 군화는 봄날의 승전보

하루 내내 푸르디푸른 웃음
사뭇 풀밭의 도레미

매듭은 희망이라는 것을
다른 색깔
찬란한 우리 가을길

물비늘 지나 여름새 날아온다
축복의 날갯짓일지도

연결에 대한 소고(小考)

책가방을 보내지 못하고
몇 날째 곁에 두고 있다
새 가방을 들였으니 보내야 하나
대고 망설이고 있는 것이다
얼마나 많은 길을 담았던가
크넓은 노래 담았던가
푸른 죽살이를 담았던가
구석에 처박힌 잡물이었다가
장미꽃마냥 붉은 의지로
다시 보물단지가 되었고
먼 길 떠나려 기다리곤 했던
여명의 플랫폼에선
끌어안고 우수(憂愁)를 나누었어
다시 길을 떠날 수 있다는
노래를 흥얼거릴 수 있다는
죽살이에 기꺼이 응할 수 있다는
삶이란 그렇게
연결로서 나아가는 것

사슬

졸음기가 있는 화창한 오후
나무의자에 앉아 슈베르트를 듣고 있었어

그 즈음 서쪽
커단 하얀 새, 묘한 울음소리를 보냈고
신비로운 힘에 이끌리듯 뒤를 따라 날았지

굵고 긴 철근 사이 다닥다닥
네모진 성냥갑이 세워져 있었어

생채기투성이 하늘길이 놀라웠어

동해 비단발을 돌아 어느 광막한 숲이었지
베인 나무들과
그을음 가득 숱한 나무들

몸빛이 변하기 시작했고

날갯짓이 흐물흐물해지고 말았고
나도 그대로

추락해버리고 말았어

하

선율에 실려 어디론가
알 수 없는 곳

서쪽이라는 아련한 기운밖에는

빈센트 반 고흐

사이프러스 나무 있는 길

까마귀 나는 밀밭

밤의 카페 테라스

해바라기 닮은 노란 집

더는 조화로울 수 없는 곳에서

착한, 지극히 착한

사랑하는 테오 어루만지며

철철이 자연의 모습에

캔버스 위 하무뭇한 붓질

죽음을 타고 내린 별에서

생폴 드 모졸 요양원에 갇혀

그늘의 죽창에 정통으로 맞아버린

프로랑스 들판을 헤매던

순수와 연약

자립과 독립

별이 빛나는 밤, 저 별 만큼

오베르 언덕 너머 끝없이 펼쳐진
노란색 밀밭으로

확신 또 확신, 방아쇠를 당긴
단 한 점의 유화!

이별 완성

폭풍우 몰아쳤어라
어찌할 수가 없었어라

가슴속 보랏빛 꽃 날려갔어라
어찌할 수가 없었어라

새벽달은 뜨더라

겨울 바다도
여름 산도 오더라

강산도 반쯤 변했다더라

피로 흥건한 그리움
관구(棺柩)에 고이 모셨습니다

이제서야 사노라

유년 시절 한 조각

겨레가 떠이는 성웅의 동상이 보인다 그 후문을 지나 비포장도로
를 내려가면 방죽이 있는데 농림고등학교 옆에 있어서 그런지 농
고방죽으로 불렸다 사람도 여러 명 죽었다 한다 시녀제(侍女堤)가
정식 이름인데 물이 하 맑아 옥황상제의 시녀가 내려와 목욕을
했다는 전설로 붙여진 이름이다 후문 바로 앞에는 대나무숲이 있
었는데 어두컴컴하고 하늘에 닿은 기세에 눌려 들어가 볼 엄두가
나지 않았다

하 묵은 길쭉한 목판이 붙어 있었는데 누구도 손끝 한번 대지 않
았다 무수한 눈길만 줬을 뿐 그 정문을 나와 왼쪽으로 쭉 내려가
면 너무 허름한 구멍가게가 있고 더 내려가면 띠기도 할 수 있는
가게다운 가게 하나 있었다 말벗 있고 동전 몇 개 있으면 집에 가
는 길에 들르곤 했다 어느 날 하굣길은 배가 너무 아팠다 주저앉
아 끙끙거리고 있는데 모르는 할머니 한 분이 약국으로 데려가
약을 사 주셨다

키우던 개가 죽었다 개집으로 들어가 개가 되어 보았다 부섭마루
웃음엣소리 물끄러미 바라보았다

겨울 바다

가으내 그린 바다, 겨울 바다
내 살아 또 찾아왔어라

내리내리 질문 던졌건만
대답 없는 허무의 시간 지나

쏴쏴아아 철써덕철써덕
마주하고 홀로 서
태탕한 길 하나 내고 싶은 것

깡말라 서어한 나무도
목놓는 새도
붓질의 실수 같은 바위섬도
한낱 주변에 불과하다

오직 찬연한 물결!
그 물결에 현재, 현재를 던져주는 것

작으면 작은 대로
크면 큰 대로
이감(二感)을 기울이는 것

쉬이 혹여 힘들게나마
가라앉으리라

무잡한 생각, 바람 빌려 씻어내고
돌아가면 되는 것이어라

오, 저 태양마저
구름 떠나보내고 있는 저 태양마저
걸머지고 간다면

멀리 때로 가까이

대기권 밖으로 하릴없이 떠밀려
돌고 도는 인공위성은

진자줏빛 가지에 매달려 있는
잘 익은 미국자리공은

잠시 머물던 휘황한 동그라미, 지구를 보고

그만 잊었던 모태, 땅을 보고

먼지 같은 인생을 그렇게 봐야지
멀리서
때로 가까이서

제4부

플랫폼

순천역에 내려 새길 하나 줍고 밤에
용산행 열차에 몸을 실었다
익산역 플랫폼으로 들어오는 순간 난 전율했다
수백 개의 길쭉한 낮이
한 치의 오차도 없이 질서정연하게 나열된
그 휘황한 낮이
보석 품은 유리 궁전을 세우고
침목과 레일을 깔고
바람마저 잠재우고
나를 기다렸다는 사실로

플랫폼을 빠져나가지 않고 한동안
끝없이 이어진 철길을 바라보았다

수많은 인부들의 거친 숨소리가 들린다
볕은 내리쬐고 목덜미는 땀으로 번들거린다

다시는, 다시는 이 땅 한반도에

한 평보다 더 작은 전쟁도 일어나지 않기를

바라고 또 바라며

시거에 플랫폼을 빠져나갔다

주인공 제니

자네와 난 목롯집에서 노을을 나누고 있군
제니를 그 먼 곳에 두고 온 채

비틀거리며 궤도로 돌아갈 때
닮은 여인을 스쳤으면 하네

제니의 거침없는 순수는
눈밭보다 더 하얬다네

내가 흩뿌린 엉터리없는 고백을
덥석 받아버렸다네

나의 시선은 시리우스의 동반성
제니의 그것은 얼굴이었다네

고전(古典)보다 나를 더 믿은 제니
반짝거리는 잔물결로 여겼던 거라네

진실을 잡으러 빠져나온 제니에게
공연한 거짓말을 해 버렸다네

세상 어떤 신뢰도 버린 듯한 침묵
내게 보여준 제니였다네

진지한 그녀가 부서졌음을
고백의 이삭을 훑으며 깨달았다네

비틀거리며 걷고 있을진대
정갈스레 걸어오는 저 여인은 짜장

참이 잠시 죽었다

초봄의 날 그날, 참이 죽었다

아, 희붐한 부둣가에서
진한 막걸리 한 사발 들이부어라
취하라 마음껏 취하라
서러움에 몇 곡조는 쉬이 나오겠지

기적(汽笛)의 장대가 쪼개진다

상실감을 벗어나려 애쓰지 말라
상실의 깊은 속에서 우린 깨달아야 한다

꽃이 왜
피면서 가고 지면서 오는지를

물이 왜
잔잔해져야만 출렁이는지를

참이 잠시 죽었다

잠시

잠

1
깊어 가는 청양(淸陽)에
작고 여린 나비 하나
창문 사이에 갇혀
빠져나오지 못하고 있었다

나비를 본체만체하는 사이
통잠을 잃어버렸습니다

어느 새벽길에 창문을 닫았지만
고이 묻어 줄 수밖에 없었죠

2
반백 년 전 작고 여린 나는
철통같은 보호 아래
따뜻한 시선 아래
세상 편하게 나비잠이 됐으리라

을야의 검은 고양이여
껀둥한 눈밖에 보이지 않는구나

거대한 복종에 수치심 사무쳐
요즘 괭이잠입니다

예술가

풀같이 멀건 밀가루죽이 싫었다

기차가 떠나려는 찰나 찻간에 뛰어올랐다

사람들의 밀물과 썰물

재워주겠다는 아저씨를 따라갔다
몫일을 못하면 몽둥이가 날아왔다

공원 벤치와 깡통밥
버티고 또 버텼다

어깨너머로 배운 기술
길바닥 나앉아 한 줄기 빛을 닦았다

맨손으로 약을 바른다
아기 볼 두드리듯 톡 톡 톡

폭설 같은 빚더미

소쿠라지며 흐르는 기억은
수백 켤레를 정확히 되돌려 주었다

굽갈이, 굽 수선도

연습하고 또 연습했다
달이 해가 되고, 달이 해가 되고

바다 건너에서도 택배 상자가 왔다

그는
작품을 빚어내는, 피눈물 먹은 예술가다

표류

얼굴이 얼굴을 쓰고
높게 때론 낮게 있었다

훈련병들이 호텔복도를 행렬하고 있다

모래톱에 널브러져 있는 숱한 휠체어

지칭개 먹고 돌팔매질, 담장을 부순다
나풀거리는 오색의 치맛자락

전쟁이 그치는 나라
평화가 그치는 나라

고래보다 더 긴 비행기를 세워라

심판 없는 경기장으로 들어가자
승자도 패자도 없으니까

뛰쳐나온 두 사람

무지개 닮은 나립된 양관 옆 5층짜리 허름한 아파트를 지날 때였
다 눈발이 약간 날리고 해가 진 후였다 긴 생머리와 긴 코트의 한
여자가 손으로 입을 가린 채 울먹이며 밖으로 뛰쳐나온다 곧이어
캐주얼한 차림의 한 남자가 당황한 기색으로 뒤따라 뛰쳐나온다

그런 영화 같은 장면을 이십여 년이 지난 여태껏 두고 있는 것은
당시(當時)의 가진 것 없어 군자란처럼 우아한 한 여자를 사랑하
고도 포기해야만 했던 나의 굵직한 비애(悲哀) 때문일지도

트루다

트루다의 아버지는
뇌경색 후유증으로 거동이 불편
진종일 집에 누워 계신다

트루다의 엄마는
암 4기다
모시고 항암치료를 받으러 다닌다

트루다는 친구와
커피 한잔 편히 못 마신다

보고 싶어 나갔다 온 어제
아버지한테 꾸중을 들었다

트루다는 형제
하나 없는
20대 중반의 청년이다

트루다는

부서지지 않는 그의
닉네임이다

투쟁의 꽃봉

주변은 마꾼이 만든 철창으로 에워싸인다

균형은 평행을 낳고 평행은 현미경을 켠다

열 번, 열한 번, 열두 번

예외 없이 코르티솔이 분비된다

왜 약속을 한 거야

나는 나에게 꼴뚜기질을 한다

단 한 번도 승리하지 못한 숙적!

경기는 곧 열릴 것이다

신경미학자들이 특석 티켓을 끊었다

배팅 업체는 내 승리에 높은 배당률을 책정했다

그러나 최초의 승리는 유력하다

스스로 강력한 설계자가 될 수 있기 때문

이변이 아니고 본래인 거야

우리 모두 가능해 시간과 노력을 믿는다면

전략 전술은 모도록하게

대뇌에 무정세월 집어넣기

휘슬이 울리자 누구도 보지 않는 곳에

명지바람을 일으킨다

아무 일 없다는 듯 망각으로 가는 길을 떠난다

한 시간, 두 시간, 세 시간

드디어 승리를 쟁취하는 순간 오는 것인가

하루, 이틀, 한 주

광활한 대지 복판에 서서

제대로 본 적 없는 파랗디파란 하늘

한참 동안 바라본다

완벽한 나의 승리다

스스럽지만 나는 나에게

투쟁의 꽃봉이라 칭한다

달맞이꽃마냥

그날, 잊을 수 없어라

온통 안개에 휩싸였고
가 보지 않은 길이 놓여 있었어

목소리는 한드랑거렸고
낯빛은 초라했지

해 질 무렵 무인모텔로 들어갔어
오, 친친한 하룻밤

칠흑 같은 어둠 속 번뇌는
평정(平靜)을 향한 출발이었던 거야

그날, 잊을 수 없어라

멀겋게 흐르는 바람을 마주했지

는개는 이미 그치고 아스팔트는
천천히 햇볕을 먹고 있었어

내가 사랑하는 사람보다 나를
사랑하는 사람이 더 그리웠던 까닭은?

아, 소랭한 발걸음이여

화기애애한 군중 속에서
비장미(悲壯美)를 품었던 거야

기나긴 낮결을 뒤로하고
드디어

가야만 하는 길로
나는 갔지

길녘 흐드러진

꽃 시든
달맞이꽃

번역을 마치고

비바람에 젖고 흔들려
길을 잘못 들어서 헤매여
이리저리 부딪혀서야 들려온다
그제야 슬며시 들려온다
갓난이의 저 심장 뛰는 소리
세차게 타오르는 건 금세
보인다 무트로 피의 용솟음!

부치다

짝 있는 죽어가는 꽃 하나 죽이고
구도자가 되다

어디로 가세요?

성삼문

낳았느냐 낳았느냐 낳았느냐 세 번 물었다 한다 피붙이 아들 넷 갓난아이까지 그들이 어찌 걸리지 않았으랴 애달프지 않았으랴 떨어져 나갈 육신이 두렵지 않았으랴 거침없는 지조로 내뿜은 향기여 휘두른 절개로 뻗은 곧음이여 청령포를 향한 발걸음은 멈추었고 현릉을 향해 눈물을 토했노라 덜 덜 덜 무작한 군홧발도 못 이겨 아니요 말하지 못했던 나는 얼마나 점직한 인간이던가

허 허 허 요동을 함께 걷던 친구야 십구 년 더 무얼 하였는가 천상의 백일홍 바라보며 지고 필 때마다 홀로 술 한잔 들이키며 그때, 마음을 다했노라 다했노라 다했노라

나무, 죽어서 살다

나뭇진 주르르 흘러내리자
흠칫 놀란 어린 새 급히 날아갔어라

애고머나, 간밤 폭풍우에
묵묵히 서 베풀던
들찬 시간 내려놓았구나

살아남은 자들은
쓰러진 나무에 모여든다
분양가도 없이 둥지를 틀고
임차료 없이 겨울잠 준비한다

빛의 사다리는 끝이 없고
흐미, 온도의 화살은 적중되었도다
백년 묵은 씨앗이 깨어난다
눈부신 모양으로 진격!

후계수의 찬란한 밑바탕
제 몸 불사르는 것이다
부엽토로 가는 여정(旅程)에
작디작은 것들은 일어서고 일어선다

죽은 나무는 또 다른 서식지
발아의 징검다리
헌신과 영광의 작은 생태계

나무는 죽어서도 산다!

푯대

부서진 마음을 아는 건 그림자뿐
파도도 높이 높이 솟아오르며
누구나 꿈꿀 수 있다고 했지만
곰솔잎도 사방팔방 흩어지며
아무도 가둘 수 없다고 했지만
한여름 무심한 포세이돈은
끝내 푯대를 꽂지 않았다
언제나 틀 안에서만 살아라
엄마의 말이 싫어 뛰쳐나온 그녀는
밀리고 밀린 허공에
붉은 입술 고이 심어놓는다
문제투성이가 아니고
상처투성이라는 걸 아는 사람과
꿈꾸고 싶어요 너무 절실해요
가파른 계단을 올라
장독이 늘어서 있는 마당과
퀴퀴한 부엌을 지나

주인 없는 방에 우린 남았다
반달처럼 간솔한 목소리 그치고
서로의 눈이 별빛을 놓쳤을 때 우린
꽃불 같은 키스를 나누었다
바닷바람이 문설주를 때린다
참게들이 이부합창을 벌인다
외쪽생각 사라진 작은 방엔
눈록의 푯대들이 꽂히고 있다

고요한 사람

며칠째 한파경보가 내려지고 바람마저 휘몰아치는 깊은 밤 고요한 사람에게 간다 문문히 자동문이 열리고 난 금세 괜찮은 사람이 될 것이다 해름의 바다처럼 땀직한 목소리는 언 몸을 녹이고 잠시나마 우울을 잠재운다 여러 갈래 길을 순행한 후 어느덧 문밖 눈에 눈길 한번 그리고 고요한 사람에게 묻는다 돌아가는 수레바퀴에 매달려 있어요 떨어지지 않으려 안간힘을 쓰고 있죠 당신은 판판이 축 한가운데에 앉아 있는 듯 고요하군요 문밖 눈에 눈길 한번 미소만 짓는 당신 제가 부족했군요 미소만 짓는 당신을 이해합니다 여러 갈래 길을 순행하며 농민의 빈번한 발길과 노동자의 무수한 손길에 경의를 표하고 다시 묻는다 문밖 눈에 눈길 한번 떨리는 당신의 입술 어색할 수밖에 없는 당신을 이해합니다 아쉽지만 나중에 다시 오겠습니다

그녀는 고요한 마음으로 기미(幾微)를 볼 것이다 바퀴의 모습을 꿰뚫어 보고 있는 고요한 사람이기에

눈은 그치고 거리는 하분하분하다

천서(天瑞)

이래서 못 가고 저래서 못 가고
천세 만에 작은 틈이 보여
신산(辛酸)을 잠시 잊고
아무도 없는 플랫폼에서
조용히 눈물 흘리자
안개꽃 건네주고 사라진
구름결 닮은 사내

무섬도 안 타고 걸어온
너테 같은 시간

벌새

해가 좀 전에 없었고 기다리고 있다
부정적 생각이라는 침입에 맞서
후퇴와 전진을 미루고 있는 머릿속은
오늘 하루만 생각하기로 한다

반복 또 반복에 새롭게 깨닫고
총명한 거리를 유지하며
잃지 않는 시간을 보내는 것

오르려 애쓴다기보다는
떨어지지 않으려 애쓰고 있지

우선은 떨어지지 않아야
훗날을 도모할 수 있다고
눈자라기는 눈으로 말했던 거야

길지 않게 정해놓고 가는 이 삶

가슴 뜨거워 솟는 자리가 아니면
세상은 느리다는 말씀

믿기에 회피하지 않고
해야 할 몫을
다소 치열하게 하고 있을 뿐

하루 수백만 번의 날개를 치며
천 송이 꽃을 찾아다녀야 하는 벌새

떠나보내고 있는 나

프랑스로 간 사람

뿔뿔이 헤어져 돌아가는 광장에
움직임도 없이 그는 홀로 서 있다

끝이 있어 우아할 수 있다는 것을 알았고
침잠으로 세상 모든 걸 대해야 했고
큰 흔적을 거침없이 바랐다

어둡지 않았던 그가 어두워지고
어두웠던 그는 이제 찬란해지기를 기대한다

고종(孤蹤)에 쪼그라들었지만
아무도 원치 않았다

봄이 오고 가을이 오고 다시 봄이 오고

저 섬부한 태양, 여기 수려한 지구
조화(造化)에 들어온 까닭은 어디에 있었나

웃고 울고 다시 웃고

소스라치게 짧디짧은 삶
항아리처럼 텅, 가지 않는 까닭은 어디에 있나

아, 부는 바람이 해체된다

재깍

재깍

재깍

사람들을 눈여겨보지 않는 사람들

펴 낸 날 2024년 12월 20일

지 은 이   김종희
펴 낸 이   이기성
기획편집   윤가영, 이지희, 서해주
표지디자인 윤가영
책임마케팅 강보현, 김성욱
펴 낸 곳   도서출판 생각나눔
출판등록   제 2018-000288호
주   소   경기도 고양시 덕양구 청초로 66, 덕은리버워크 B동 1708, 1709호
전   화   02-325-5100
팩   스   02-325-5101
홈페이지   www.생각나눔.kr
이 메 일   bookmain@think-book.com

• 책값은 표지 뒷면에 표기되어 있습니다.
  ISBN   979-11-7048-806-4(03810)